La Rana Sanada

D1601333

Escrito por Julia Pelon

La Rana Sanada

Primera Impresión, 2021

ISBN: 979-8-74046-473-2

Dedicación:

**A mi familia en Nueva York.
Los quiero.**

Ernie es una rana verde que
vive en un gran lago.

Todos los días, cuando Ernie
se despierta, está muy feliz.
Él sabe que Dios lo ha bendecido
con un hermoso lugar para vivir,

mucha comida para comer,

y amigos especiales con quién jugar.

**Él da gracias a Dios cada
día por todo lo que le
ha dado.**

Un día, después de que Ernie
terminó de jugar con dos
de sus amigos, decidió
regresar a casa.

Mientras saltaba por la hierba
alta, sucedió algo.

Ernie exclamó, "¡Ay, eso duele!"
Miró hacia abajo y vio un
rasguño en la parte posterior
de la pierna derecha. Ernie
pensó, "Debió haber sucedido
cuando pasé por esa roca
afilada. Bueno, estoy seguro de que
mañana estará bien."

Cuando Ernie se despertó al día
siguiente, su pierna le dolía más
que nunca. Él dijo, "¡Oh no!
Debería haber cuidado mejor
a mi pierna."

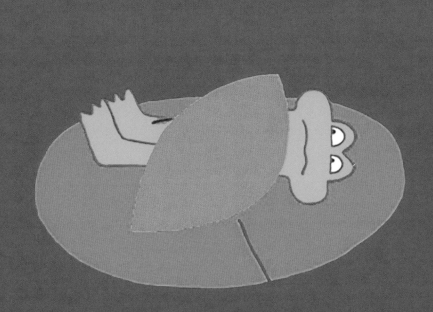

Se preguntó qué debería hacer
para ayudarlo a mejorar.
Él pensó, "Iré a hablar con
algunos de mis amigos
para pedirles consejo."

Así que fue. Ernie se topó con el
Señor Robin. Le preguntó,
"Señor Robin, ¿puedes ayudarme?
Tengo un rasguño en la pierna.
¿Qué debo hacer para que sane?"
"Pon tu pierna en agua fresca por
un tiempo para limpiarla,"
dijo Señor Robin.

Ernie dijo, "Está bien, gracias."
Rápidamente saltó al lago y entró
al agua. Ernie pensó, "Mi
pierna se siente más helada
pero todavía me duele. Será
mejor que vaya a ver a la
Señora Mariposa."

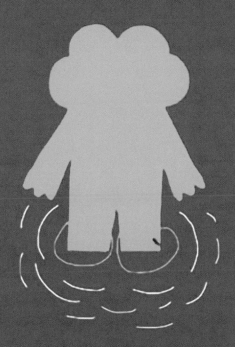

Ernie le preguntó, "Señora Mariposa,
¿puede ayudarme? Tengo un rasguño
en la pierna. Lo puse en agua para
limpiarlo, pero, ¿qué más necesito
hacer para que se sane?"

La Señor Mariposa respondió,
"Necesitas medicamento para
ponértelo. Busca algunas
hierbas y frótalas en el
rasguño." Ernie dijo, "Está
bien, gracias," y se fue.

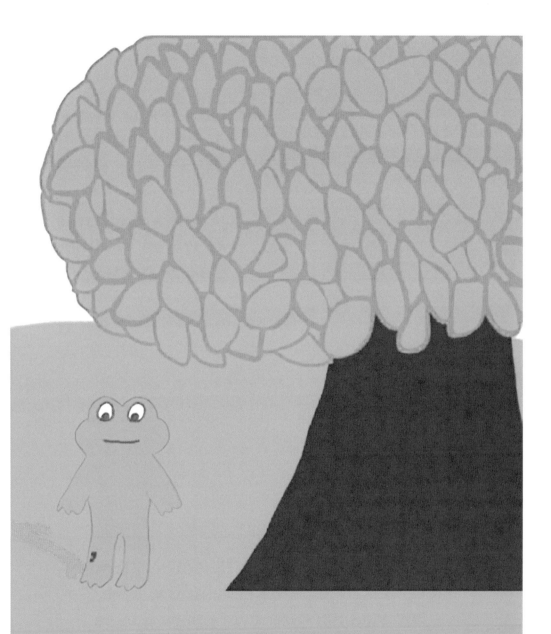

Ernie encontró algunas hierbas y
las puso en el rasguño. Él exclamó,
"¡Guau! Se siente mejor, pero me
pregunto si hay algo más que debo
hacer. Será mejor que vaya a
ver al Señor Búho."

Cuando Ernie se dio la vuelta, vio al Señor Búho subido en un árbol. Ernie le preguntó, "¿Puedes ayudarme? Tengo un rasguño en la pierna."

"Lo puse en agua para limpiarlo y froté algunas hierbas en el rasguño, pero, ¿qué más necesito hacer para que se sane?" El Señor Búho preguntó, "¿Oraste?" Ernie miró hacia abajo por un momento y luego dijo en voz baja, "No, no lo hice." Entonces el Señor Búho le respondió, "Dios es un Dios bueno. Su voluntad es que todas tus necesidades sean satisfechas incluyendo la sanación."

Ernie oró allí mismo y le agradeció a
Dios por sanar su pierna y pidió
perdón por no acudir a Él primero
en busqueda de consejo. Le dio las
gracias al Señor Búho y se fue a casa.

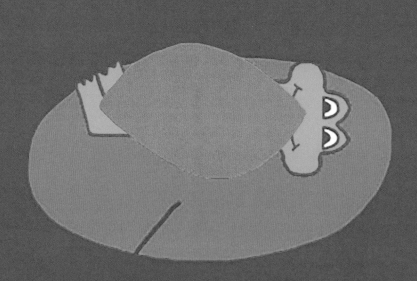

Mientras Ernie jugaba en la cama
esa noche, estaba muy feliz de
saber que Dios lo amaba y
siempre estaba ahí para cuidarlo.

La pierna de Ernie se sanó rápidamente esa semana. Cuando vio a sus amigos, les contó con entusiasmo lo que Dios hizo por él mientras oraba y le pedía consejo.

EL
FIN

**Porque te devolveré la salud
y te curaré de tus heridas.**

Jeremías 30:17

Ideas Divertidas y Actividades

Para Complementar

<u>La Rana Sanada</u>

Soy maestra también, entonces amo a los niños, amo los libros, amo las actividades, ¡y amo la diversión! Decidí agregar algunas cosas que puedes leer o hacer con los niños que harán que este libro increíble sea aún más divertido.   ¡A disfrutar!

Lista de Contenidos

Ciencia y Matemáticas

1. ¿Qué es un rasguño?
2. ¿Qué es una infección?
3. ¿Qué son los gérmenes?
4. Estudiar remedios naturales
5. Discutir las malas formas de tratar una herida
6. Estudio de hierbas: estudiar, investigar, cultivar
7. Primeros auxilios: estrategias para tratar las heridas, raspaduras, etc.
8. Hacer botiquines de primeros auxilios
9. Curitas: contar, clasificar, identificar tipos y propósitos

10. Estudiar la piel de humanos

11. Estudiar la piel de ranas

    Discutir la anatomía de
    las ranas y el sistema
    circulatorio

12. Discutir cómo el cuerpo

    humano forma costras y se

    sana.

13. Estudiar el sistema circulatorio

    humano

Arte

1. En una hoja de cartulina con el contorno de una cruz grande, haga que los niños le peguen curitas en ella- "Jesús sufrió por nuestra Sanación".

2. Pegue una imagen de Jesús en papel de construcción; haga que los niños recorten imágenes de personas de los anuncios para pegarlas en papel con Jesús- "Jesús es nuestro Sanador".

3. Tierra: juego práctico- los niños juegan con palas y tal; discutir formas de lavarse bien las manos

4. Agua jabonosa: jugar y luego hacer impresiones de burbujas en papel

5. Pintura de las impresiones de mano

6. Toma de huellas dactilares con almohadillas de tinta

7. Antes y después de la actividad de papel de oración: dobla el papel por la mitad y los niños se dibujan a sí mismos en el lado izquierdo y derecho; lado izquierdo triste con uno rasguño, lado derecho feliz y sanado

Música y Movimiento

1. Cantar: "Cabeza, hombros, rodillas, y dedos de los pies"

2. Cantar: "La Sangre de Jesús"

3. Actuar ayudando a ministrar primeros auxilios

4. Brindar oportunidades para que los niños oren por los demás y hablen escrituras de sanación

5. Actuar como doctor, enfermera, paramédico

6. Jugar a la etiqueta congelada

La Formación del Carácter

1. Jesús es nuestro Sanador; discuta cómo siempre Él lo hará y quiere sanas a cada uno de nosotros

2. Discutir que somos sus instrumentos para traer sanación a otros en Su Nombre; buscar oportunidades para orar por los demás

3. Importancia de hablar la palabra de Dios versus hablar constantemente de los síntomas

4. Discutir la autoridad que necesitamos para caminar sobre enfermedades y dolencias

5. Importancia de acudir a Dios para sanarnos y buscar Su camino para nuestra sanidad

6. Discutir la humildad, la paciencia, y la obediencia con respecto a la dirección de Dios para la sanación

7. Discutir cómo Dios no hace acepción de personas

Historias de La Biblia

1. Buen Samaritano: Lucas 10: 30-37

2. Ciego con barro: Juan 9: 11

3. Naaman: 2 Reyes 5: 1-14

4. La hija de Jairus: Lucas 8: 41-56

5. Mujer con el flujo de sangre: Marcos 5: 25-34

6. Siervo del centurion curado:

   Lucas 7: 2-10

7. El único hijo vivo de nuevo:

   Lucas 7: 11-15

8. Hombre cojo sanado:

   Hechos 3: 1-11

Escrituras Sanadores

Isaías 53: 5

Pero él fue herido por nuestras transgresiones, molido por nuestros pecados. El castigo que nos trajo paz fue sobre Él, y por sus heridas fuimos nosotros sanados.

Salmo 103: 3

Él es quien perdona todas tus iniquidades, el que sana todas tus dolencias,

1 Pedro 2: 24

Él mismo llevó nuestros pecados en su cuerpo sobre el madero a fin de que nosotros, habiendo muerto para los pecados, vivamos para la justicia. Por sus heridas ustedes han sido sanados.

Mateo 4: 24

Su fama corrió por toda Siria, y le trajeron todos los que tenían males: los que padecían diversas enfermedades y dolores, los endemoniados, los lunáticos y los paralíticos. Y él los sanó.

3 John 2

Amado, mi oración es que seas prosperado en todas las cosas y que tengas salud, así como prospera

tu alma.

Salmo 6: 2

Ten misericordia de mí, oh Señor, porque desfallezco. Sáname, oh Señor, porque mis huesos están abatidos.

Salmo 30: 2

Oh Señor Dios mío, a ti clamé y me sanaste.

Salmo 34: 19

Muchos son los males del justo, pero de todos ellos lo librará el Señor.

Salmo 50: 15

Invócame en el día de la angustia; yo te libraré, y tú me glorificarás".

Salmo 107: 20

Envió Su palabra y los sanó; los libró
de su ruina.

Jeremías 17: 14

Sáname, oh Señor, y seré sano.
Sálvame, y seré salvo,

porque tú eres mi alabanza.

*Reina Valera Actualizada

Made in the USA
Columbia, SC
10 June 2022

61520699R00022